hachette
JEUNESSE

Pour tout renseignement concernant nos parutions, nous contacter par téléphone
au 01 43 92 38 88 ou par e-mail : disney@hachette-livre.fr

Voici l'histoire étonnante de deux fillettes très différentes, mais très amies. La blonde et riche Charlotte. Et la brune et pauvre Tiana. Elles s'amusent bien ensemble quand Eudora, la maman de Tiana, travaille comme couturière chez Charlotte ! Ce qu'elles préfèrent, ce sont les contes de fées. En particulier celui du Prince Grenouille qu'un baiser transforme en beau jeune homme…

– Je pourrais embrasser cent grenouilles, pour épouser un prince ! s'exclame Charlotte.

Beurk! Tiana grimace. Elle préfère cuisiner le gombo
de Louisiane avec James, son papa. D'ailleurs, plus tard,
quand ils auront assez d'argent, il souhaite ouvrir un
restaurant avec elle! Alors, Tiana prie l'Étoile du Soir
de les aider à réaliser leur vœu le plus cher.

Mais les années passent. Et Tiana travaille maintenant
jour et nuit comme serveuse, afin de gagner de quoi
acheter le restaurant dont rêvait son père…

– Tu ne penses qu'à travailler!
lui reprochent ses amis.

Et c'est vrai ! Tiana tient à honorer la mémoire
de James. Il leur manque tant, à elle et à sa mère.
Aujourd'hui, cependant, la chance semble du côté
de la jeune fille. Le père de Charlotte ayant été nommé
Roi de Mardi-Gras, il donne un bal masqué, ce soir,
à son manoir. Il a invité le Prince Naveen de Maldonia
qui vient d'arriver en ville pour le Carnaval.
Et Charlotte veut le séduire, évidemment !
Elle commande alors de délicieux beignets
à Tiana… en échange d'un joli salaire !

Tiana peut ainsi payer un premier versement, pour la raffinerie de sucre que son père désirait transformer en restaurant. Son rêve se réalise enfin ! Tout comme celui de Charlotte, impatiente de rencontrer le Prince Naveen.

Mais le Dr Facilier a un plan, lui aussi… Le vil sorcier attire le Prince et son valet Lawrence dans son antre vaudou, où il métamorphose Naveen en grenouille ! Entre-temps, au bal masqué, Charlotte prie l'Étoile du Soir… et son Prince arrive enfin !

Tiana a moins de chance.
Elle apprend que les vendeurs
de la raffinerie préfèrent traiter
avec un acquéreur plus riche !
Elle trébuche alors de colère
dans la table du buffet et tache sa robe. Heureusement,
Charlotte lui prête un costume de Princesse. Désespérée,
Tiana se met à prier l'Étoile du Soir, elle aussi… et une
grenouille parlante saute sur le balcon !

– Embrassez-moi, je redeviendrai Naveen, je vous
offrirai ce que vous voudrez !

Malgré sa peur, Tiana accepte et… Aaaaah !

Tiana devient grenouille à son tour ! Normal : elle n'est pas une vraie Princesse… Très fâchée, elle bondit sur Naveen et tombe avec lui au beau milieu du bal masqué, créant la panique parmi les invités. Vite, Tiana et Naveen s'accrochent à une grappe de ballons et s'envolent. Mais les ballons crèvent peu après, les lâchant dans les marais infestés d'alligators ! À l'abri d'un tronc creux, Naveen promet à Tiana de lui acheter son restaurant dès qu'il aura épousé Charlotte…

Le lendemain, Tiana construit un radeau pour rentrer en ville. Naveen lui a expliqué que c'est le Dr Facilier qui l'a ensorcelé. Ce qu'ils ignorent, c'est que le faux Prince du bal masqué est Lawrence. Le sorcier l'a transformé grâce à son Talisman pour voler la fortune de Charlotte. Mais le Talisman perd déjà son pouvoir, et Lawrence reprend peu à peu son apparence en demandant sa main à Charlotte. Le sorcier a besoin du sang de Naveen pour recharger le Talisman…

Et il envoie son armée d'Ombres à la recherche du Prince grenouille ! Pendant ce temps, Naveen et Tiana ont rencontré Louis, un alligator dingue de jazz. Il leur conseille d'aller chez Mama Odie, la magicienne du Bayou, qu'elle lève la malédiction du Dr Facilier. Mais les grenouilles ont si faim, soudain, que leurs langues se détendent vers une grosse luciole… et s'emmêlent !

Sans rancune, Ray la luciole les délivre. Puis il leur fait éclairer le bon chemin par sa famille.

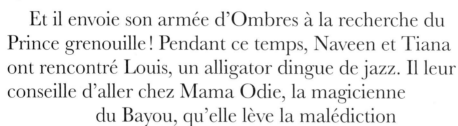

Ray accompagne ensuite ses amis par les terres. Tandis qu'il débarrasse Louis de grosses échardes, Tiana et Naveen sont capturés par trois chasseurs de grenouilles, qui finissent par fuir en les entendant parler. Tiana improvise alors un dîner sur la berge. Avec l'aide de Naveen !

– Voilà Évangeline, l'amour de ma vie ! s'écrie soudain Ray.

Il s'agit de l'Étoile du Soir, pas d'une luciole ! Mais l'amour est imprévisible : même Naveen entraîne Tiana dans la valse…

Tout à coup, les Ombres du Dr Facilier
se jettent sur Naveen ! Elles ont retrouvé sa trace
et l'emportent en vitesse, quand des éclairs
les désintègrent brusquement une à une !
– Pas mal, pour une vieille dame aveugle,
hein, Joujou ?!
C'est Mama Odie, la prêtresse vaudou du Bayou !
Elle pratique la bonne magie avec Joujou, son
serpent fidèle. Elle explique à Tiana et Naveen que
ce que l'on veut dans la vie et ce dont
on a réellement besoin sont deux
choses différentes…

Puis, Mama Odie consulte son gombo magique et leur révèle que Charlotte étant la Princesse du Carnaval, Naveen a jusqu'à minuit pour l'embrasser et annuler le maléfice de Facilier. Naveen, Ray, Tiana et Louis rentrent en ville en bateau à aubes, où Louis réalise son rêve de jouer dans un orchestre de jazz. Naveen, lui, tente d'avouer à Tiana qu'il a besoin d'elle, pas de Charlotte. Mais les Ombres l'enlèvent à nouveau et le ramènent au sorcier pour qu'il recharge son Talisman…

Lawrence reprend l'apparence du Prince Naveen et file épouser Charlotte à la Parade de Mardi-Gras. En débarquant à la Nouvelle-Orléans, Ray apprend à Tiana que Naveen est amoureux d'elle. Tiana n'a qu'une hâte : dire à Naveen qu'elle l'aime aussi ! Mais elle aperçoit soudain le faux Prince sur un char avec Charlotte et s'enfuit, le cœur brisé… Ray libère alors Naveen grenouille, prisonnier d'un coffret. Ensemble, ils dérobent le Talisman ensorcelé et Ray s'échappe avec !

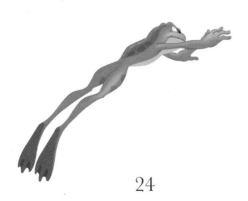

Lawrence n'ayant plus le visage du Prince, il reste caché dans la cathédrale et Facilier s'élance aux trousses de Ray. En voyant la luciole en danger, Louis quitte vite son orchestre pour courir l'aider. Mais Ray retrouve Tiana. Il lui confie l'amulette juste avant d'être blessé par le sorcier qui susurre :

– Rends-moi le Talisman, Tiana, et je réaliserai le rêve de ton papa !

Non ! Tiana brise l'amulette… et les ténèbres engloutissent le Dr Facilier !

Tiana retrouve Naveen sur le parvis de l'église.
Lawrence en prison, Naveen accepte d'épouser Charlotte
pour sauver Tiana et lui offrir son restaurant. Mais Tiana
refuse ! Elle avoue à Naveen qu'elle l'aime trop pour
le perdre, et tant pis pour le reste ! Surtout qu'il est minuit
passé maintenant, et que le baiser de Charlotte
ne les retransforme pas. Soudain, Louis accourt avec
Ray, bien mal en point. Sa lumière s'éteint mais
il est rassuré : Tiana et Naveen sont réunis…

Une nouvelle étoile scintille désormais près de l'Étoile du Soir : Ray a rejoint son Évangeline ! Et dès le lendemain, Mama Odie marie Naveen et Tiana grenouilles. Mais quand Naveen embrasse la mariée, ils reprennent forme humaine ! Forcément : Tiana est une vraie Princesse, maintenant ! Alors, ils se marient aussi au palais du Prince en présence de leurs parents.

Puis ils ouvrent enfin leur restaurant,
où se rassemblent riches et pauvres sous
la protection de deux Étoiles du Soir…

Imprimé en Espagne.
Dépôt légal mars 2010 - Édition 03 - ISBN 978.2.01.462886. 9
Loi n° 49- 956 du 16 juillet 1949 sur les publications destinées à la jeunesse.